KB005418

작은 귀 쫑긋 세워

작은 귀 쫑긋 세워

펴낸날 2022년 4월 12일

지은이 김배숙
펴낸이 주계수 | **편집책임** 이슬기 | **꾸민이** 전은정

펴낸곳 밥북 | **출판등록** 제 2014-000085 호
주소 서울시 마포구 양화로 59 화승리버스텔 303호
전화 02-6925-0370 | **팩스** 02-6925-0380
홈페이지 www.bobbook.co.kr | **이메일** bobbook@hanmail.net

© 김배숙, 2022.
ISBN 979-11-5858-862-5 (03810)

김배숙 첫 번째 넉줄시집

작은 귀 쫑긋 세워

밥북
ᴅ·ᴅᴅ·ᴋ

동행

해장국
끓이던 그때
돌아갈까
손잡고

진즉에 따뜻한 눈길 한번 주지
진즉에 손 한번 잡아주지….

이불 속 밤새 넣어 두었던 밥 한 그릇
외면하고 돌아앉아
콩나물 북엇국 한 대접 훌훌
나보다 더, 사랑한 마흔두 해

다시 태어나면 또 만나고 싶다는 하얀 거짓말
믿어야 할까?

억새꽃 같은 머리칼 달고서야 온전히 내게 왔다
칠순이란 이름표 달고.

———

출간을 망설이던 내게
용기를 주고 적극적으로 지원해준 당신.
칠순 생일을 축하하며
앳된 첫 시집 마음 담아 당신께 바칩니다.

———

차례

봄

여름

가을

겨울

飛雁 김배숙 시인의 첫 번째 넉줄시집
'작은 귀 쫑긋 세워'에 부쳐

넉줄시동인회장 理石 육근철

언어는 짧고 침묵은 하염없이 긴 넉줄시 시집 『작은 귀 쫑긋 세워』를 첫 시집으로 상재하는 김배숙 시인에게 축하의 박수를 보낸다.

넉줄시는 시조의 종장인 3, 5, 4, 3에서 따온 15자 넉줄 시로 2011년에 창안해 낸 정형시다. 2015년 10월 9일 한글날에 넉줄시 밴드를 개설하여 운영하고 있으며 현재 600여 명의 멤버들이 활동하고 있다. 그 멤버들 중 뜻을 같이하는 20명이 모여 2019년 4월 8일 넉줄시동인 모임

창립총회를 개최하여 오늘에 이르고 있다.

　넉줄시 밴드의 특징은 한 사람이 창작 시를 밴드에 올리면 다른 멤버가 화답 시를 올려 같은 주제에 대한 시심을 공유하고 서로 마음을 주고받으면서 넉줄시 창작을 즐긴다는 점이다. 마치 조선 시대의 선비들이 시조를 읊어가며 유유자적(悠悠自適), 여유로운 삶을 누렸듯이 넉줄시 회원들은 밴드라는 가상공간에서 언제 어디서라도 창작 시를 올리고 화답 시를 공유하면서 시심을 북돋우고 있다. 모든 시가 그러하겠지만 넉줄시는 특히 현장성과 즉시성을 중요로 한다. 시인이 일상생활에서 발견한 꽃과 나무와 달과 같은 자연의 사물들을 보고, 그 순간 발견한 마음 거울에 비친 심상을 넉줄시로 창작해 밴드에 올리면 다른 회원들이 그 마음을 공유하여 화답한다는 장점이 있다.

제비꽃

누구의
고백이길래
작은 귀
쫑긋 세워

   20명의 넉줄시동인 회원 중 처음으로 넉줄시 시집을 상
재하는 비안 김배숙 시인은 밴드에서의 창작활동이 매우
적극적이고 시어의 조탁(彫琢) 능력이 뛰어난 회원이다.
특히 사라져 버릴 수도 있는 젊은 날의 아름다웠던 추억
들을 적절히 불러와 선명하게 드러나도록 해서 독자들로
하여금 회상과 위안을 받을 수 있도록 유도하는 능력이
남다르다. 비안의 넉줄시를 읽다 보면 나도 모르게 과거
의 논두렁길로, 아니면 시골집 어머니 아버지를 불러내어
동영상을 상영하도록 유도하곤 한다. 비안 김배숙 시인의

첫 시집 『작은 귀 쫑긋 세워』는 제비꽃이라는 시에서 따온 것으로 봄이 오는 소리를 들으려고 귀를 쫑긋 세워 피는 앉은뱅이 꽃, 제비꽃이 선명하게 그려진다. 그 소리가 누구의 고백이길래 저리도 애잔할까?

'백목련/하얀 골목길/단발머리/흰 카라'라고 노래한 「추억」이라는 시 속에서의 비안 김배숙은 영락없는, 10대의 단발머리 흰 카라 교복을 입은 소녀. '옷고름/풀어헤쳤다/자주 치마/여미고'라고 노래한 「붓꽃」이라는 시 속에서는 낭창낭창한 20대의 여인이다. 작품 속에서 그녀는 세대를 교감하면서 사는 것이다. 이런 형태의 시는 시집 곳곳에서 쉽게 찾아볼 수 있는데 시인의 시 세계가 그만큼 아름답고 윤기 흐르는 세계관을 가지고 있기 때문이리라.

넉줄시는 정형시이기 때문에 독자들이 즐기는 시 형식은 아니다. 그리고 격언이나 금언으로 흘러갈 수도 있는 넉줄시를 진정한 서정시로 깊이 있게 창작한다는 것은 쉽지 않은 일이다. 넉줄시가 정형시라 해서 맹목적인 규칙을 중시하는 것도 아니다. 자연 속에서 순간의 발견과, 시상(詩想)을 정연한 질서로 이끌어 가면서 자신만의 시 세계를 응축과 긴장의 넉줄시로 표현해야 한다. 그래서 쉬운 듯 보이지만 쉽지가 않다. 그럼에도 불구하고 비안 김배숙 시인은 사라져 버릴 것 같은 과거의 기억들을 불러와 은유와 위트로서 자기만의 독특한 시 세계를 만들어 가고, 또한 즐기고 있는 것을 보면 박수를 보내지 않을 수 없다.

일찍이 유성호 평론가가 말했듯이 언어는 짧고 침묵은 하염없이 긴 넉줄시, 그 넉줄시의 발전을 위해 남보다 한 걸음 앞서 첫 시집을 상재하는 비안 김배숙 시인은 이미 넉줄시의 특징을 꿰뚫어 보는 것이 아닐까? 추억은 그 기억이 아름답건 아름답지 않건 간에 늘 우리를 설레게 한다. 특히 그의 시를 읽다 보면 얼굴이 붉어지기도 하고, 슬며시 웃음이 나오기도 한다. 담대한 용기가 아니면 쓸

수 없는 함축과 암시가 그만큼 훌륭하다는 것이다.

　아무쪼록 이 봄날 귀를 쫑긋 세워 피는 앉은뱅이 꽃, 제비꽃처럼 독자들도 이 시집으로 하여금 행복하고 아름다운 봄맞이가 될 수 있기를 소망해 본다.

봄

추억

백목련
하얀 골목길
단발머리
흰 카라

제비꽃

누구의
고백이길래
작은 귀
쫑긋 세워

홍목련

지금은
잉태 중, 쉬이
몸 풀면
그때 만나

꽃눈

설중매
단장 끝냈다
터트린
불꽃놀이

입춘

홍매화
눈곱 떼는 날
마중 나온
까치 꽃

붓꽃

옷고름
풀어헤쳤다
자주 치마
여미고

연못

벗꽃잎
흩날린 자리
꽃잎 물든
잉어 떼

복수초

홑치마
성급히 입고
두고 나온
저고리

카라 꽃

수줍어
움츠리며 핀
앳된 소녀
그 미소

작약

햇덩이
삼켜버린 달
토해낸
붉은 사연

불두화

고봉밥
부처님 공양
동자승
하얀 미소

꽃 잔디

아침 뜰
내려온 햇살
이슬 먹은
별 무리

새벽

누렁소
눈알 굴리네
바라보는
여물 솥

고백

빨갛게
불타올랐네
입만 달싹
영산홍

진달래

저 홀로
피우기까지
숨겼다
붉은 사랑

바람꽃

지난밤
은빛 발자국
옷고름 푼
야생화

봄날

몸 푸는
아지랑이 꽃
화르르
찰진 웃음

꿀벌

사랑해
속삭인 귓말
훔쳐 간
벚꽃 입술

봄소식

만날까
휘파람 소리
화들짝
쏟아진 별

터

옥빛 창
벌어진 틈새
집들이 온
봄 햇살

꽃구경

지금뿐
미루지 말라
빛살 치는
꽃바람

제비집

처마 밑
야물던 그 집
발목 잡던
노란 입

호박벌

영산홍
치마폭 안겨
취기 오른
사랑가

완두콩

사 남매
똘똘 뭉쳤지
한 이불
옹기종기

함박꽃

붉은 숨
열두 겹 꽃잎
펼쳤소
그대 앞에

목련

오늘 밤
가로등 될게
그대 창에
기대어

봄 편지

써놓고
부치지 못한
마당귀
사연 가득

첫날밤

침 발라
뚫은 창호 문
달님도
키득키득

수선화

그 약속
잊지 마세요
흔들던
노란 수건

꽃 덤불

잔별들
마실 나왔네
흘리고 간
스카프

봄

종종 발
디딜 때마다
햇살 묻힌
발자국

빈집

시간이
누웠던 자리
발목 잡힌
봄바람

백목련

수줍어
고백 못 하고
돌아서
깨문 입술

초사흘

얼마나
애절했더냐
실눈 뜨는
손톱 달

아침

선잠 깬
꽃 무리 정원
기지개 켠
민들레

논둑

보랏빛
물든 속치마
품고 잠든
자운영

오솔길

조막손
흔드는 산길
수줍은
각시붓꽃

상현달

새하얀
목련꽃 한 잎
띄웠네
하늘 가에

종달새

보리밭
밟아 줄 때면
흰 구름
함께 놀던

개나리

외딴집
뜰팡에 앉아
졸고 있는
병아리

채송화

장독대
앉은뱅이 꽃
밟힐라
까치발 든

춘란

도도한
저 여인 보며
입 못 떼고
눈길만

솔붓꽃

흙발로
찾아갔어도
버선발로
반긴 님

산길

보랏빛
치마 여미고
숨어본
각시붓꽃

자귀꽃

새신부
비녀 풀렸네
노 신랑
마음 급한

풍란

무리 진
하얀 춤사위
살풋 앉은
나비 떼

산수국

무더기
터트린 웃음
그 또한
사랑이야

민들레

엄동도
불사한 인내
입 닫은
하얀 설움

혼술

복분자
유혹한 눈빛
쑥 부침
초록 숨결

유채

아이들
소풍 왔나 봐
노란 나비
너울춤

강아지

꼬까신
감추고 찾네
물고 도는
제 꼬리

돌나물

컸구나
노란 눈 가득
엄마의
하얀 미소

아버지

술상 봐
손님 오신다
우수수
왕벚꽃잎

교회

종소리
퍼져간 능선
떼 춤추는
산 벚꽃

쑥

품었네
햇살 한 조각
밀어 올린
여린 봄

매화

흰 등불
울타리 걸고
기다리는
첫사랑

사월

산 벗꽃
내려온 호수
꽃잎 배 타는
오리

오월

호박벌
애무한 등꽃
타래 지어
흘린 침

소식

귀 쫑긋
고백한단 말
실눈 떠본
설중매

온음표

콩나물
떨어진 꼬리
주어 단
사분음표

교실

졸지마
날아온 분필
깔깔대던
흰 교복

여름

시절

낮 밤도
못 가린 바보
오줌싸개
장맛비

장미

바람도
한눈 감았다
유혹하는
겹치마

소나기

송아지
혓바닥 굴려
막아본다
콧구멍

상사화

단속곳
차림에 왔소
초행길
온다기에

칠월

한 잔 술
붉어진 입술
혀 꼬이는
원추리

호수

물속에
산을 키우네
등반하는
물오리

밤이슬

밤새워
누굴 품고서
베잠뱅이
터는가

하야 夏夜

허기져
쪼그라든 배
실눈 뜨는
손톱 달

능소화

호야 등
걸어 놓고서
담장 넘어
까치발

보름달

만삭의
몸 푸는 달빛
짖어대는
삽살개

토끼풀

행운이
올 것 같아서
서 있니
긴 목 빼고

부추꽃

별 무리
하얀 춤사위
그립던
엄마 향기

잠자리

모시 올
고운 홑적삼
설핏 적신
눈시울

개화

숨겨둔
사랑 이야기
풀어 놨네
줄줄이

노각 老殼

엄마 손
가뭄못자리
아버지 발
거북 등

석류꽃

꼭 다문
붉은 저 입술
할 말 참는
며느리

옥수수

캡슐 속
담아둔 비밀
옹골차게
다문 입

풋사랑

그때가
너무 그립다
산새 알
소꿉놀이

송엽국

동트는
태양 품었네
주름치마
저 여인

엉겅퀴

산고 끝
보랏빛 웃음
눈부신
엽서 한 장

선인장

태양 빛
떨어진 자리
마법 풀린
가시 꽃

월견초

저녁에
몰래 만날까
그림자
잠들거든

수련

언제쯤
땅에 닿을까
하얗게
지새는 밤

병꽃

저 혼자
충혈된 눈빛
어쩌라고
이 가슴

나팔꽃

하늘 끝
전봇대 타고
건지고파
저 달빛

형제

인생은
파도타기야
내 발자국
밟고 와

따개비

외눈의
슬픈 의성어
철썩 때린
흰 파도

댓잎

길섶엔
열두 폭 병풍
포르릉
날은 나비

투망

그물 끝
걷어 올렸다
파닥이는
저녁놀

꿀꽃

그 아이
손에 쥐었던
보랏빛
쪽지 한 장

옹달샘

나뭇잎
동동 띄웠지
산토끼
체할까 봐

메꽃

오요요~
어디쯤 올까
까까머리
그 아이

우중

비 젖은
노란 골담초
추워 떤
외씨버선

파꽃

닮았다
속 빈 웃음꽃
시집살이
매운 눈

첫날 밤

침 발라
뚫은 창호 문
달님도
키득키득

파도

채찍이
무서웠구나
토해내는
게거품

담쟁이

애들아
벽을 넘어라
밀어 올린
아버지

여울

물결 위
수채화 한 폭
물잠자리
탱고 춤

석산 石蒜

애타게
그리워하다
남겼소
붉은 편지

세우 細雨

소롯길
비 젖은 바람
달래주는
원추리

거미줄

한 코씩
촘촘히 짜면
걸리겠지
바람도

학춤

둘인 듯
혼자인 듯이
그런 걸까
사랑을

번개

천지를
휩쓰는 호령
유리창
대성통곡

청하 淸河

별 따다
준다던 약속
쑥부쟁이
한 아름

우창꽃

기다린
보랏빛 엽서
행간에 핀
수줌음

꽃무릇

짝사랑
한이 된 입술
불태울까
언제쯤

홍연 紅蓮

깊숙이
묻어둔 속내
터져버린
속앓이

우물

퍼내도
채워진 자리
쉼 없는
두레박질

호수

날마다
삼켜버린 달
토해낸
물수제비

아욱

켜켜이
쌓아 올린 정
제 마음뿐
드릴 건

둠벙

물방개
헤엄치는 날
숨어 웃는
보름달

지붕

어머니
발소리에 핀
수줍은
하얀 박꽃

낙화

그대 맘
잊지 않을게
꽃비로 쓴
초서체

시집

별 하나
구름 한 조각
심고 가꾼
글 문신

연자 蓮籽

가부좌
부처님 미소
씨알 속
동자 스님

장마

늘어진
흑백영화 속
지루하네
회심곡

여우비

하늘 창
살짝 열었네
시간 재는
자벌레

세월

구십 년
어머님 한숨
검게 삭은
씨 간장

죽도 竹島

다시금
듣고 싶었다
대나무
사랑 고백

열정

저 핏빛
응어리진 불
한 계절
맨드라미

백일홍

그리워
나와본 뒤 뜰
떨고 있네
혼자서

백철쭉

달밤에
내려온 선녀
벗어 놓은
날개옷

풀벌레

곡조도
모르고 우는
구슬픈
세레나데

한낮

땡볕에
엉덩이 데고
다리 꼬는
원추리

대나무

칸칸이
들어찬 셋방
해마다
늘어난 방

희망

무지개
바람개비 춤
동심 찾은
저 미소

술패랭

산발한
저 여인 보소
낮술 한 잔
거하네

창포

애가 타
혀도 말랐네
달빛에
머리 감고

밤마실

흥건히
내려온 달빛
선잠 깬
하얀 밤꽃

섬

덧씌운
바람의 시간
졸고 있는
해당화

천일홍

겹겹이
감춰둔 비밀
활짝 열은
앙가슴

약속

당신의
우산이 될게
대만 남은
지우산

연못

지금쯤
득음했겠지
목 푸는
청개구리

가을

낙엽

다시는
언약을 말자
쭈그러진
젖가슴

은행잎

지난밤
창문 두드린
너였구나
조막손

꽃차

찻잔 속
화르르 핀 꽃
들려준
여름 소식

국화

날실로
뽑아낸 향기
긴 머리
하얀 소녀

추광 秋光

갈바람
웃고만 있네
수줍어
붉은 얼굴

텃밭

어머니
어깨너머로
배추 알
차는 소리

초승달

저 달이
둥그러지면
잊힐까
외로운 맘

추색 秋色

꿈마저
잠이든 시간
돌단풍
홀로 붉네

단풍

대낮에
저 혼자 닳아
붉게 타는
저 입술

바다

흰 파도
그물 짜놓고
잠 못 들던
검 바위

소국

흰 구름
마당귀 돌다
눈 맞춘
하얀 미소

불면증

와인빛
새벽이 오면
절며 가는
하현달

일몰

태양이
술에 취했나
홍시 빛
붉은 구름

홍국 紅菊

가을이
초경 치루나
빨개졌네
두 볼이

단풍잎

잊지 마
붉은 내 마음
너를 향해
타는 중

돌단풍

햇살도
여백 채우고
가을은
떠날 채비

시

시간의
행간마다 핀
긴 추억
짙은 향기

실국

날실로
뽑아낸 향기
머리 풀고
유혹한

도장

화선지
낙관 찍었네
저녁놀
새 발자국

노년

까르르
손녀 웃음꽃
할배의
흰 수염 꽃

그림

창 열자
달려온 풍경
자리 잡은
액자 속

노을

하룻길
접으며 떠나
별 밭에
눕는 햇살

추억

그 시절
작은 음악회
입속에
불던 꽈리

대숲

댓잎에
별빛 어리면
초승달
버선발로

단풍길

모든 걸
내려놓았다
불타는
가슴까지

월식

붉은 달
그림자놀이
구름 뒤
숨바꼭질

갈잎

미완의
슬픈 수묵화
여백만
남긴 계절

입추 立秋

탁 터진
봉숭아 씨앗
벗어 던진
흉허물

연인

호수에
빠진 그림자
건져놓고
미소 띤

유혹

마스크
살짝 벗었네
단풍 물든
눈웃음

대화

무엇을
말하려는가
낯 설은
긴 그림자

흔적

단풍잎
거미줄 걸려
정지된
가을 조각

고엽 枯葉

끝 사랑
지켜낸 순간
박제된
마지막 잎

해국

벼랑 끝
청하 색 미소
해풍에
머리 감고

운명

내 볼에
와 닿던 입술
왕 거미줄
걸린 넋

문턱

가을이
한 뼘 다가와
개켜 논
모시 이불

노신사

황혼은
아름다운 꽃
푸른 빛
아껴 쓸 걸

조약돌

스스로
부족하다며
씻고 씻는
한평생

돌계단

한 발짝
오를 때마다
가까워진
흰 구름

씨앗

홀씨로
훨훨 날아라
여행가
박주가리

몽당비

엉덩뼈
닳고 닳았다
구멍 뚫린
할미 삶

콩깍지

사십 년
걸린 올가미
풀리지 않는
마법

자화상

누구냐
낯선 이방인
오줌싸개
그 소녀

독락 獨樂

국화주
한 잔 취했나
매화 향
취해 웃나

건어물

잉크 빛
두고 온 고향
그리워
비틀린 몸

해넘이

절명 시
한 편 써놓고
밑줄긋는
붉은 펜

만추

그림자
돌아 누었네
잎 떨군
여윈 계절

그 집 앞

연분홍
콩콩 띤 가슴
세월 지나
홍시 빛

황국

벌러덩
누워버렸네
향기 취한
갈바람

여귀풀

자기도
꽃인 줄 아나
벼 이삭
애무하며

구절초

숨겨둔
아홉 마디 말
밤새워
풀어놓고

풋밤

날 보며
빙그레 웃네
입대 전
까까머리

홍시

대낮에
저 혼자 닳아
붉게 타는
저 입술

석류

저 여인
홍등 켜났네
슬며시 푼
옷고름

고구마

살붙이
모여든 밥상
주렁주렁
매단 꿈

노을

하루해
절며 떠나네
뒤돌아본
풋사랑

사과

신열로
타는 속앓이
태양 삼킨
철부지

씨앗

꽃일 땐
몰랐던 이별
가슴팍
까맣게 탄

허물

걸쳐진
위선 껍데기
벗어던진
말매미

사랑

철없이
날뛰다 잡혀
흘러간
눈 삔 세월

개미취

뒤뜰에
다지다지 핀
시집살이
뒷얘기

뒷산

기러기
발로 찬 등불
애가 타는
저녁놀

설월화 雪月花

눈물이
날 것 같아요
그 미소
하얀 얼굴

태형 笞刑

붉은팥
도리깨 타작
불타오른
엉덩이

명약 名藥

장독대
우리 집 된장
어머니
신줏단지

겨울

난로

도시락
밥 타는 냄새
그리워라
그 얼굴

성탄절

걸었네
빵꾸 난 양말
빚으로
오신 당신

시인

깊은 밤
언어도 잠든
행간마다
호미질

서리

창 넘어
그려진 세상
밤새워 쓴
하얀 시

잔설

하얀 눈
못다 한 얘기
묻어 놓은
산비탈

만학

머릿속
못 들어가고
머리칼 붙어
빙빙

바닷새

시린 등
세상 내주고
날려 보낸
속울음

고백

힘들다
널 사랑해서
떨었던
붉은 심장

겨울

남몰래
고엽에 쓴 시
보고파
언제 올래

양파

벗겨도
여전히 희다
알 수 없는
옹알이

눈축제

초승달
주름 펴질 때
손 떨며 핀
흰 고백

몸살

고뿔에
앓아누웠다
방문객은
햇살뿐

우물

밤새워
두레박질한
대보름달
목욕 중

술래

고구마
통가리 숨다
하늘 가른
회초리

대한

산수유
까치발로서
흰 눈발
동동대는

눈사람

사립문
고향 지키던
서 있을까
지금도

한겨울

당기다
찢어진 이불
부지깽이
타작 날

이월

복수초
노란 속치마
너만 봐
한눈 감고

세월

시계탑
태엽 풀리면
팽팽할까
주름살

찐빵

팥앙금
입천장 붙어
팔짝 뛰던
그 겨울

첫눈

눈 한 줌
뻥튀기 돌려
화르르 핀
갈 벚꽃

억새꽃

선녀의
은빛 날개옷
펼쳐보는
나무꾼

월야 月夜

반쪽 난
달빛 찾으러
서성이는
별 무리

아궁이

그랬지
오줌싼 속옷
말리며
불 땐 시늉

잉태

꽃 진 터
사랑의 밀어
귓불 붉힌
그 시간

늦잠

봄이야
일어나거라
꿈속의
하얀 세상

싸락눈

나목에
메밀꽃 폈다
문풍지
우는 밤에

송진

등 굽은
늙은 소나무
늦지기
흘린 눈물

산사

저 혼자
울고 또 우네
침묵만
넘나들고

성에

떠난 님
발걸음 소리
유리에 핀
서리꽃

섬

날마다
서러운 이별
그대는
지금 어디

나이테

명주실
타래 감듯이
먼 길 돈
시간 여행

월광 月光

까치발
개구멍 치기
그 언니
잘살겠지

동백

담장 뒤
붉은 치마폭
숨죽여
사랑한 죄

안부

보내온
어머니 선물
첫눈 누벼온
이불

풍경

바람에
귓불 빨개져
몸 돌린
목쉰 소리

혹한

돌확에
박힌 보름달
반달 될까
설 쇠면

설산 雪山

적설 층
녹아든 아픔
당나귀
멍든 가슴

경계

액자 틀
펼쳐진 세상
위험지대
창 넘어

성운

못다 한
별들의 고백
그리움
피어나는

건초

내 마음
함께 말렸다
변치 않는
그 마음

새해

날마다
오늘 맘처럼
오소서
희망 품고

어머니

언 발로
발작 내던 길
따라 걷던
하얀 길

덕유산

상고대
천년 고사목
반추한
지난 역사

선유도

보초 선
괭이갈매기
흰 파도
별 헤는 밤

서약

천 만년
함께하자던
빛바랜
종잇조각

모정

에미야
애비 밥줘라
칠십 아들
꿀단지

숙제

방정식
머리칼 꼬고
영 단어
혀 꼬이네

송년

너 가도
마음은 평생
스무 살
언저리에

빈손

가질 수
있는 건 오직
만져보는
하얀 눈

동매 冬梅

아직은
바람이 차다
감기 걸린
조막손

소한

불렀니
놀다 가라고
매화 가지
찬바람

눈꽃

한 생애
돌다 온 변방
하품하는
설중매

연서 戀書

지금도
유효한가요
만나자
첫눈 오면

폭설

사방은
동화의 나라
내달린
토끼몰이

팽이

돌아라
흠씬 두들겨
날려 보렴
코로나

소문

발 달린
바람 있었네
일파만파
눈사람

시심 詩心

흩어진
퍼즐 맞춰봐
구슬 꿰듯
꿰미에

대보름

외다리
허수아비 춤
깡통 돌린
보름달

회전

돌아라
바람개비 춤
따라 도는
흰 수염

시집

별 하나
구름 한 조각
새겨놓은
글 문신

찻집

뜨락엔
반쪽 난 낮달
잔 속
내려온 하늘

일식

짝사랑
책갈피 넣고
사랑할 때
지금은

밤길

조각 잠
지다 일어나
밝히는
북두칠성

거울

넌 누구
타인의 얼굴
침묵 깨는
엇박자

야경

도시의
화려한 불빛
설 곳 잃은
조각달

문풍지

국화꽃
붙여 놓은 문
파르르 떤
한 줌 해

촛불

나 홀로
나부끼는 밤
층층 쌓인
흰 눈물

연기

합체한
회색 그림자
바람결
더부살이

飛雁 김배숙 시인의
첫 번째 넉줄시집 해설

육근웅 (시인, 문학박사)

1. 넉줄시 - 말의 징검다리

넉줄시는 창의성 학자인 가형(家兄) 육근철 박사가 시조의 종장 형식을 넉줄로 재배열하여 창안한 정형시이다. '넉줄시'는 기존의 '4행시'와는 형태상으로 확연히 구분되는 특이한 양식이라고 할 수 있다. '4행시'가 대체로 한시의 기, 승, 전, 결의 전개를 보여주는 네 개의 구나 절로 이루어지는 반면에, '넉줄시'는 한 단어나 두 단어로 이루어진 지극히 짧은 한 줄(行)을 단위로 전개된다. 따라서 '넉줄시'는 언어는 짧지만 침묵은 끝없이 긴 정형시라 할 수 있다. 우리가 일상의 생활에서 순간적으로 발견된 시상을 재치있게 응축된 언어로 표현하며, 사람과 사람이 창작 시와 화답 시로 서로 주고받으면서 시심을 공유할 수 있다는 장점이 있다.

넉줄시는 총 15자의 짧은 형식 속에 시상을 담으려니 자연스레 생략과 압축에 의지하게 된다.

엉덩뼈

닳고 달았다

구멍 뚫린

할미 삶[*]

「몽당비」

---

* 몽당 빗자루 _ 김배숙

헛간 구석
눈치만 남은 몽당 빗자루
얼마나 오랜 날
제 살 깎이며 끌려다녔는지
닳고 닳아 엉치뼈 흰하게 보인다

허리 굽혀 살아온 시간
내다 버리면 또, 그 자리
구십 평생 놓지 못한 욕심
슬며시 제자리 세워놓고
곁눈질하는 어머님

깊은 골 건너와
매듭 풀린 자리
오솔길 내고 바람 들어앉았다.

그리움보다
더 단단한 뼈대로 남아 문득,
돌아다본 시간
노을 한 장 넘길 때마다
추억 한 장 쌓아두던 흰 달빛
숨어드는 바람, 엉치뼈가 시리다.

각주에서 알 수 있듯이 이 시의 원형은 4연 19행으로 이루어진 「몽당 빗자루」이다. 15자의 넉줄시로 바뀌면서 원시 「몽당 빗자루」의 '엉덩뼈'가 '닳고 닳아' 「몽당비」가 된다. 많은 서사가 탈락이 되고 서정들이 응축된다. 따라서 행간은 '구멍 뚫린' 꼴이 되고, 독자의 자리가 마련된다. 좋은 글은 책장을 자주 덮고 생각에 잠기게 하는 책이라는 말처럼 독자가 쉬어 가는 공간이 마련되어야 한다. 나는 이를 '말의 징검다리'라고 빗대어 말한다. 단어와 단어 사이, 행과 행 사이, 연과 연 사이는 독자가 넘어야 할 개울물과 같아야 한다.

징검다리가 너무 촘촘히 놓여 있으면 내를 건너는 행인은 더러는 몇 개씩 건너뛰고 싶을 것이다. 그러나 돌과 돌 사이가 너무 멀리 놓여 있으면 많은 사람이 물에 빠져 허우적거리게 될 것이다. 그러니까 좋은 시는 행간에서 어떤 스릴을 느끼면서 말과 말 사이, 구와 구 사이, 절과 절 사이, 연과 연 사이의 여백의 미를 느끼게 해 주는 시이어야 한다는 것이다. 징검다리가 사람마다 다른 보폭의 차이 때문에 어느 거리가 적당한가는 정해진 답이 없는 것과 마찬가지로 시의 행간, 즉 여백의 크기는 정해진 거리가 있을 수 없다. 성인의 평균 보폭은 측정이 가능하지만, 한 시대의 독자의 상상공간의 보폭은 측정이 불가능하다.

　김배숙 시인의 「몽당비」에서 여백은 '엉덩뼈'와 '할미 삶'에 배치된다. 몽당비의 엉덩뼈와 할미의 삶을 이어주는 징검다리는 '닳고 닳았다'와 '구멍 뚫린'의 소멸 이미지에 놓인다. '할미'의 삶에 '몽당비'가 오버랩되면서 주인공인 할미의 주된 역할이 청소였음을 환기시킨다. 아니, '청소에 포커스를 맞추도록 시인은 독자를 이끌어 간다. 빗자루의 소모품적 기능은 할미의 희생적 일생과 병치되는 것이다. 이 '할미'가 꼭 시인 김배숙이 아니어도 좋다. 독자의 할미가 된다.

스스로

부족하다며

씻고 씻는

한평생

「조약돌」

　「몽당비」가 유사한 두 이미지의 병치를 통하여 독자의 설

공간, 즉 상상공간을 마련하는 반면에 「조약돌」은 주제어의 지속적인 반복행위, 곧 서사적 공간 속으로 독자를 초대한다. 조약돌이 의인화되어 '부족'함을 반성한다는 편집자적 해설이 이 시를 가볍게 만들기는 하지만, '씻고 씻는'이 거느리는 구도자적 행위가 이 시를 독자의 것으로 만든다.

저 혼자

울고 또 우네

침묵만

넘나들고

「산사」

이 시의 징검다리는 자못 위태롭게 놓여진 듯하다. 첫째로 전반부의 생략된 주어가 독자를 너무 다양한 상상공간으로 이끌기 때문이다. '산사(山寺)'에서 우는 주인공은 누구일까? 범종이거나, 풍경이거나, 목탁소리이거나, 스님이거나, 시인이거나 커뮤니케이션의 세 통로의 어느 것이어도 좋지만, 한편으로 그 어느 것도 아니라고 말하는 듯하다.

단지 운다는 행위만 남는다. 우는 주체에 대한 특정은 독자의 몫으로 넘겨진다. 어쩌면 가야 할 바를 몰라서 징검다리를 건너기를 포기하고 돌아서는 독자도 나타날 것이다.

이 시의 상상공간의 충돌은 전반부의 울음과 후반부의 침묵의 대립에서 나타난다. 울음은 침묵을 거스르고, 침묵은 울음을 잠재워야 하는데, 이 모순적 배치에서 독자는 무얼 얻어가야 하는 것일까? 그도 아마 순전히 독자의 자유일 것이다. 어떤 이는 不二法門을 얻어가기도 하고, 어떤 이는 공염불만 듣고 갈지도 모른다.

2. 사랑, 그 아포리아

사랑이라는 말처럼 남용되거나 오용된 말들을 찾아보기는 힘들 것이다. 오죽하면 사랑을 두고 '멍청한 후렴'(오규원의 「사랑의 기교 2」)이라고 했겠는가. 그렇다 해도 '사랑'은 성경이나 경전뿐만 아니라, 끊임없이 시인 묵객의 주제가 될 것은 뻔한 일이다. 참된 사랑은 아름다운 일이기 때문이다. 다만 그 '사랑'이 정말로 무엇인지 제대로 노래한 이들이 과연 얼마나 되는지 잘 알 수 없으니 애석하고 서글픈 일이다.

　비안 김배숙 시인도 여러 시를 통하여 사랑을 노래하고자 한다. 사랑은 아름다운 감정이면서 동시에 아름다운 의지요, 아름다운 지혜이자 감각인 동시에 직관이다. 사랑을 어떤 범주에 위치시키더라도 가장 중요한 것은 그것이 행동을 배제한 채로는 아무런 소용이 없다는 것이다. 사랑은 아름다운 행동이어야 한다. 그 어떤 대상을 사랑하고 노래하더라도 행동이 결여된 사랑은 절름발이이거나 빈껍데기에 불과할 것이다. 그리하여 김남조 시인은 '오늘은 사랑이 내 인격이다/아니, 모든 날에/사랑이 내 인격였다.'(「사랑초서 9」)라고 고백한다.

내 볼에
와 닿던 입술
왕 거미줄
걸린 넋

「운명」

김배숙 시인의 사랑 또한 운명처럼 '왕 거미줄'에 걸렸다고 노래된다. 시인이 걸려든 '올가미'는 '사십 년/걸린 올가미/풀리지 않는/마법'(「콩깍지」)이 되어 시인과 하나가 되고, 운명이 된다. 그 넋은 곧 김남조의 '인격'이 된 사랑에 빠진 영혼일 것이다. 사랑을 인격으로 갖춘 영혼처럼 행복하고도 아름다운 삶이 또 있을까?

　　그러나 사람의 사랑이 어찌 늘 아름다울 수 있기만 할 것인가! 더러는 아쉽고, 더러는 후회스럽기도 한때가 어찌 없을 수 있으랴.

천만년

함께하자던

빛바랜

종잇조각

「서약」

　　맹세를 글로 적어 종이로 보관하는 일은 배신을 대비한 어리석은 염려 때문이기도 하다. '빛바랜 종잇조각'이야 불로 태워버리면 그만이며, 강을 건너고 나면 나룻배는 강에 두고 길을 떠나야 하는 것일진데, 한낱 종잇조각에 마음이 걸리는 까닭은 무엇일까? 그것은 '당신의/우산이 될게/대만 남은/지우산'(「약속」)에 드러나듯이 사랑도 세월에 따라 낡아지기도 하는 것이기 때문이리라. 이를 김남조 시인은 '사랑하면/우물 곁에 목말라 죽는/그녀 된다.'(「사랑초서 1」)라고 노래한다. 장삼이사의 사랑은 코린토서의 충만한 아름다움이라기보다는 '만 번을 해도 미흡한 갈증'(박재삼, 「나무」)일 것이다.

철없이
날뛰다 잡혀
흘러간
눈 삔 세월

「사랑」

이 시인이 노래하는 사랑이 시인의 개인적 체험을 넘어서서 보편성을 획득할 수 있는 이유를 위의 시가 잘 보여

주고 있다. 흔히 결혼은 눈을 똑바로 뜨고 시작해서 눈을 감고 살아야 한다고 말한다. 이런 말들이 금언이 되는 까닭은 많은 사람이 실천하기 어렵기 때문이리라. 아마도 시인은 사랑에 눈뜰 때 대부분의 사람처럼 눈을 감았었는지도 모른다. 세월이 지나고 나서 '눈 뺀 세월'이었음을 깨닫는 쓸쓸함에 잠겨본 적이 없는 사람들이 과연 몇이나 될까?

별 따다
준다던 약속
쑥부쟁이
한 아름

「청하(淸河)」

　　남녀 사이의 사랑에는 유효기간이 있다는 말들이 떠돈다. 눈감고 시작한 사랑을 두고 하는 말일 것이다. 능동적으로 주는 사랑이 아니라, '지금도/유효한가요/만나자/첫눈 오면'(「연서」)처럼 수동적으로 받는 사랑에 방점을

둘 때 그럴듯하게 들리는 말이다. '별'을 기대했다가 '쑥부쟁이'로 만족해야 할 때 오는 실망감이 설익은 사랑의 유효기간을 한정하게 된다.

그러나 능동적인 사랑은 유효기간 같은 것이 있을 리 없다. '익은 사랑에선/눈멀어도 못다 갚은/송구함'(김남조 「사랑초서 53」)을 안고, '있는 그대로의 그대를 인정'(에리히 프롬)하는 지속적 노력은 끝이 없어야 한다. '힘들다/널 사랑해서/떨었던/붉은 심장'(「고백」)은 사랑이 그저 늘 달콤하기만 한 것이 아님을 고백한다.

밤새워

누굴 품고서

베잠뱅이

터는가

「밤이슬」

「밤이슬」이 묻은 베잠방이는 밀애의 증거가 된다. 그토록 아름답게 노래된 사랑도 밀애가 되면, 은폐되어야만

한다. 남의 이목이 두려운 사랑도 사랑의 하나이긴 할 것이다. 나비나 벌에게는 없는 밀애를 사람들은 사랑이라고 부른다. 과연 어디까지가 사랑이고, 어디부터는 사랑이 아닌가?

3. 시, 영원한 여백

맥클리시는 시법詩法에서 '시는 의미하는 것이 아니라/ 다만 존재하여야 한다'라고 증언한다. 시는 말해진 내용을 이해하기보다 침묵하는 여백의 모습을 바라보는 것이어야 한다는 것이다.

에즈라 파운드는 시를 논리 시, 음악 시, 회화 시로 나누어 살펴본다. 언어의 세 가지 주요기능, 즉 의미, 음성, 심상을 중심으로 그 각각의 기능이 강화된 시의 유형을 살피고 있는 것이다. 그렇다면 맥클리시는 논리 시보다 회화 시를 더 선호하는 것으로 보아도 좋을 것이다.

시가 다만 존재한다고 할 때 시는 음악이나 회화를 더 닮을 수밖에 없고, 그것은 어떤 설명이나 해설이 약화됨을 의미한다. 여기서 약화된다는 것은 시인에 의하여 규정된 의미가 강요되는 것이 아니라, 독자의 개입, 혹은 참여를 기다린다는 것을 말한다. 그리하여 독자가 상상의 주인이 되며, 해석의 주인이 되는 것이다. 이것이 진정한 의미의 여백이며, 행간─ 이때의 행간은 시형태로서의 행과 행 사이만을 의미하지 않고, 독자가 참여할 수 있는 모든 '사이', 즉 어절과 어절의 사이, 이미지와 이미지의 사이, 연과 연의 사이 등 모든 시적 공간을 의미한다. ─이 된다.

　김배숙 시인이 시인의 위상을 올곧게 파악하고 있음을 「시인」은 매우 잘 보여주고 있다고 할 것이다.

깊은 밤
언어도 잠든
행간마다
호미질

「시인」

　시인은 말을 가꾸기 위하여 행간에 호미질을 하는 존

재이다. 그 호미질은 잠든 언어를 깨우기 위한 것이다. '잠든 언어'란 무엇인가? 때 묻은 언어를 의미한다. 때가 묻은 언어란 사전 속에 갇힌 언어요, 어떤 개념에 매몰된 언어이며, 특정의 도그마로 찌든 언어를 의미한다.

시인은 언어에 묻은 일상의 때를 벗겨내서 언어를 신선하게 다루는 사람이다. 어떤 시의 언어가 상식에 매몰되었거나, 장삼이사의 추억만을 회상시키는 데에 그친다면 유행가와 무엇이 다르겠는가? 시인의 호미질은 언어를 회생시키려는 노력이요, 경작이다. 아마도 피카르드가 침묵을 '말의 메아리'로 파악하는 뜻은 말에서 소음을 걷어내고 침묵의 소리를 싹틔우고자 하는 일일 것이다. 시인은 행간을 통하여 여백을 창조하고, 침묵을 창조하는 사람이어야 한다고 보는 것이리라.

김배숙 시인의 시는 '시간의/행간마다 핀/긴 추억/짙은 향기'(「시」)이다. 추억은 과거로 채워지지만 일정한 정도의 여백의 공간이다. 추억은 '회상의 오류'라고 불리는 왜곡과 오류로 물들이는 기억이다. 따라서 시간적 오류와 왜곡이 발생하면서 동시에 그 간극으로 인한 여백이 생긴다. 이 회상오류는 거울이미지에서도 시간적 공간적 여백을 물들인다.

넌 누구
타인의 얼굴
침묵 깨는
엇박자

「거울」

거울은 자신의 존재를 발견하는 자리이기도 하지만, 뒤틀린 자화상을 보여준다. 그것은 '엇박자'가 되어 낯선 자아를 발견하는 자리가 된다. 녹음해 놓은 자신의 목소리를 들었을 때의 낯선 타자의 소리를 듣는 것처럼.

누구냐
낯선 이방인
오줌싸개
그 소녀

「자화상」

추억 속의 자화상인 '오줌싸개' 소녀는 이미 노년의 내가 아니다. 이 낯선 만남은 시간의 여백을 채움으로써 '자화상'이 되지만, 항상 그러한 내가 아니다. 따라서 無常한 자아가 나타난다. 늙어간다는 것의 의미이기도 하다.

젊음과 늙음의 간극을 채우고 좁히는 방법은 여러 가지로 나타날 수 있는데, 김배숙 시인은 '너 가도/마음은 평생/스무 살/언저리에'(「송년」)라며 아름다웠던 시절로 돌아가고자 한다.

황혼은
아름다운 꽃
푸른 빛
아껴 쓸 걸

「노신사」

이 「노신사」는 허투루 보낸 젊은 시절을 아쉬워하지만, '황혼'을 '아름다운 꽃'으로 보고자 한다. 아름다움에 어찌 공식과 정답이 있으랴! 젊음도 아름다움이지만 늙어감도 아름다울 수 있음을 천명하고 있는 것이다. 자신이 서 있는 자리에서 충실하고 아름다울 수 있는 여유로움이 배어 있다. 이런 현실 긍정의 삶의 자세는 '지금뿐/미루지 말라/빛살 치는/꽃바람'(「꽃구경」)의 노래로 재생된다.

4. 동심, 그리고 아름다운 꽃

김배숙 시인은 동심의 시인으로 불러도 좋을 듯하다. 동심은 꽃과 같다. 저마다 제 아름다움을 뽐내지만 서로 다투지 않기 때문이다. 다툼이 전혀 없는 것은 아니겠지만, 제 영역을 침범하지 않는다면 아이들은 서로서로 천진난만하다.

나뭇잎

동동 띄웠지

산토끼

체할까 봐

「옹달샘」

동요를 상상력의 기반으로 우려낸 시이다. 옹달샘에 떠 있는 나뭇잎과 과객이 급히 물을 마시지 않도록 바가지에 띄워 놓은 나뭇잎이 오버랩되면서 아름다운 정경을 낳는다. 대상을 읽어내는 방식이 천연덕스러운 아이와 같다. 김배숙 시인이 만학을 즐기는 것도 동심으로 돌아가고 싶은 것이었는지도 모른다.

장독대
앉은뱅이 꽃
밟힐라
까치발 든

「채송화」

장독대 돌 틈 사이에 채송화가 '앉은뱅이'로 피어난다. 아파트에만 살던 사람들은 그려내지 못할 풍경이다. 까치발을 들고 조심조심 장독을 여는 여인의 아름다운 마음이 눈에 선하다. 이런 마음이면 여인은 이미 꽃이다. 꽃은 또한 아름다운 여인이다. 꽃이 까치발을 들었는지, 여인이 까치발을 들었는지는 중요하지 않다. 아니 앉은뱅이 여인이라 해도 무방하다. 너와 나의 경계가 허물어진다. 경(景)이 정(情)이 되고, 정은 경과 하나가 된다.

물속에
산을 키우네
등반하는
물오리

「호수」

거울 같은 호수에 오리 한 마리 미끄러지듯 떠다니는데, 산 그림자 호수에 뜬다. 순간 오리가 거꾸로 풍덩 잠수했으리라. 영락없는 등반이다. 마냥 아름다운 한 폭의 수묵화를 그린다. 군더더기 없이 깔끔하게 가지치기를 했기 때문이다. 예서 무슨 의미를 읽을 필요가 있을까?

김배숙 시인의 시집『작은 귀 쫑긋 세워』에는 꽃의 시인으로 불러도 좋을 만큼 다수의 꽃이 초대된다. 위의 '채송화'를 비롯하여 제비꽃, 술패랭, 동백, 석류꽃, 수련, 목련, 창포 등 시인의 주변은 온통 꽃밭을 이룬다. 그 꽃들은 각기 서로 다른 인생을 비추는 거울들로 등장한다. 저마다 미소를 머금게 하는 삶을 표상하는 이미지로 우리에게 다가와 말을 건다. 아니 수작을 부린다고 해야 좋을 듯하다.

벗겨도

여전히 희다

알 수 없는

옹알이

「양파」

'옹알이'는 아직 말이 되지 못한 말동작이다. 그 옹알이를 들으며 엄마는 아이와 하나가 된다. 알아들을 수 없는 말을 알아듣는 재주를 지니는 것이 어머니이다. 아이의 말만 그런 것이 아니라, 세상 모든 것이 그런지도 모른다. 시에 오면 그 옹알이는 더 흔하다. 시인이건 독자건 마찬가지이다. 그리하여 시의 해석, 시의 해설은 옹알이를 벗

어나기 어렵다.

지금쯤
득음했겠지
연잎 위
청개구리

「연못」

　김배숙 시인이 '청개구리'의 득음을 기다리듯이 해설자
도 김배숙 시인의 득음을 기다리는 마음으로 「연못」을 소
개하는 것으로 글을 마무리하고자 한다.
　득음!